海边的早晨

［美］罗伯特·麦克洛斯基　文/图
崔维燕　译

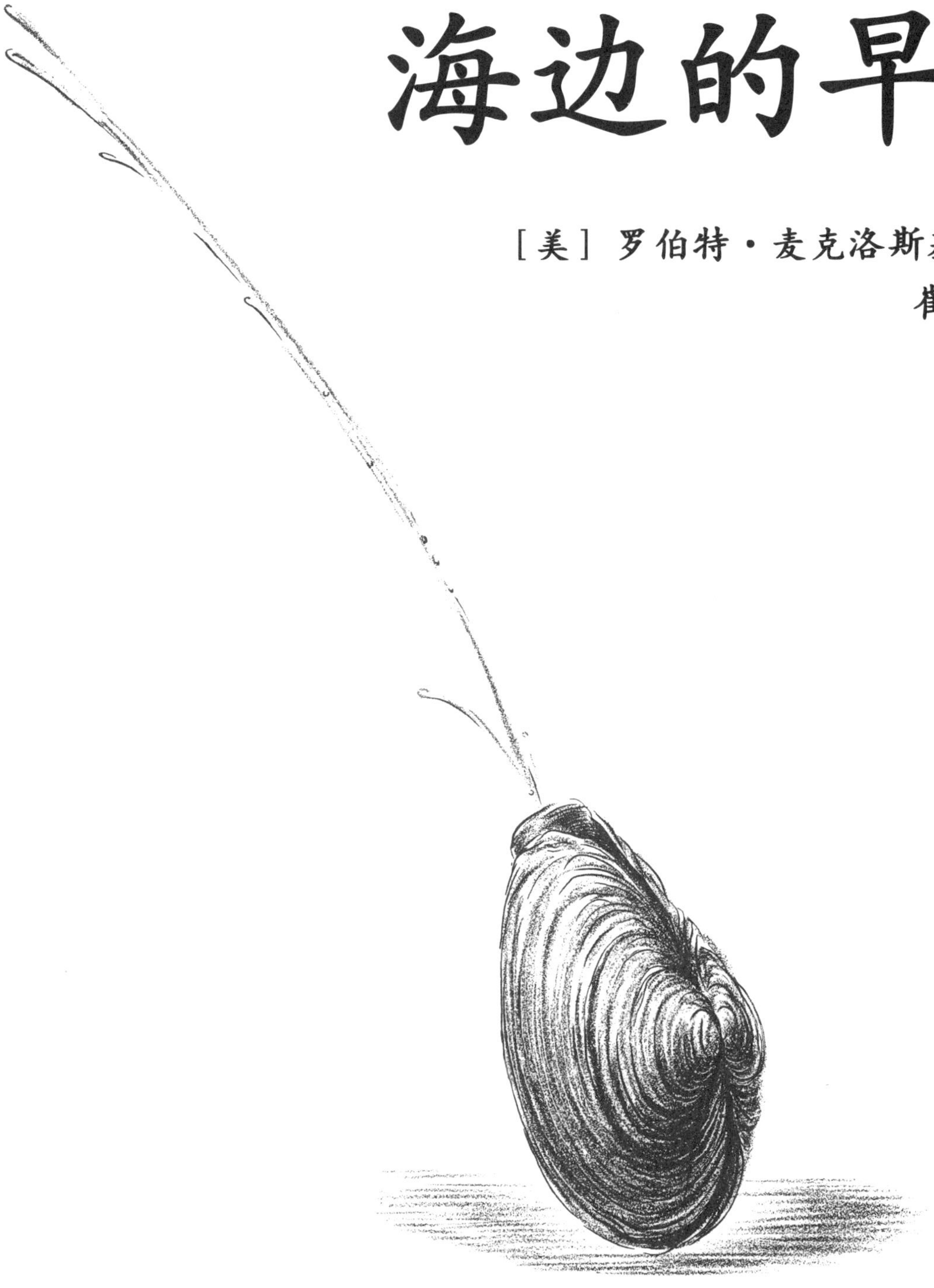

湖南教育出版社
·长沙·

海边的早晨

早上，塞尔醒了。她从被窝里探出头，可太阳光晃得人睁不开眼。她又缩回去，打算再睡一会儿。突然，她想起来了，今天是跟爸爸去巴克港的日子。

塞尔掀开被子，跳下床。然后，她披上长袍，穿上拖鞋，从房间里跑了出去。

这时，妹妹珍妮也从隔壁房间跑出来了，她脱掉了睡衣，光着上身。塞尔赶紧追过去，帮妹妹穿上了长袍和拖鞋。“你要是感冒了，就得躺在床上。今天就去不了巴克港了！”塞尔提醒妹妹。

她们一起来到洗手间。塞尔帮妹妹挤好牙膏，说："小心点儿，别弄到头发上。"

接着，她给自己也挤上牙膏，开始刷牙。

咦？嘴里有一种奇怪的感觉。哎呀，有一颗牙活动啦！她用舌头舔舔，又用手指摇摇。

“啊?!”塞尔想，“这不可能！”

她爬到凳子上，对着镜子，又晃了晃那颗牙。没错！能看出它在动。

“妈……妈妈！”她惊叫起来，“我有一颗牙活动了！待会儿准会疼起来。我得上床躺着，不能吃早饭，也不能和爸爸去巴克港了！”塞尔一边说，一边“噔噔噔”地跑下楼梯，冲进厨房。

“噢，塞尔，别担心。”妈妈说，“你要换牙了。从今天起，你就是一个大姑娘了。每个人长大了，乳牙都会活动，都要换掉。这颗牙掉了，还会长出一颗更大、更结实的牙。”

“妈妈长成大姑娘的时候，乳牙也活动，也掉了吗？”塞尔问道。

“掉了呀！”妈妈回答说，“然后，才长出这些结实的牙。就连彭妮长成大狗时，它原来的牙也换掉了。”

“那……珍妮的牙也会活动吗？”塞尔问。

“会呀！”妈妈说，“不过，还早着呢！要等到她从一个小女孩，长成像你这样的大姑娘。现在，她还太小，连乳牙都没长齐呢！好啦，上楼去梳梳头，换上衣服，准备吃早饭啦！”

“长成大姑娘，牙就会活动，感觉真奇怪！”塞尔说，“特别是咬东西时，太别扭啦！这颗牙什么时候才会掉呀？”

“今天，或者明天吧！”妈妈回答说，“把掉的牙压在枕头底下，许个愿，很灵哟！”

“我想好许什么愿了。”塞尔说，“冰凉的巧克……”

“嘘——你许的愿不能告诉别人，不然就不灵了。”妈妈阻止了她，“记住，要保密！快把牛奶喝了。然后，去海边帮爸爸挖蛤蜊，午饭等着用呢！”

“我是大姑娘了，能帮爸爸挖好多好多的蛤蜊。”塞尔说，“我挖得可快了！早点儿挖完，好去巴克港。”

吃过早饭，塞尔去海边找爸爸。她看见一只鹗抓着一条鱼，从头顶上飞过去。

“我有一颗牙活动啦！”塞尔朝着鹗喊道。鹗没有回答，径直飞回大树顶上的窝里。它正忙着喂鹗宝宝吃早饭呢！

“鹗宝宝是用牙吃鱼的吗？”塞尔想了一下，就又朝着爸爸挖蛤蜊的沙滩走去。

走近水边，塞尔看到了一只潜鸟。

“我有一颗牙活动啦！”塞尔朝潜鸟喊道，“从今天起，我是一个大姑娘了！”

潜鸟一声不吭，一个劲儿地转着圈儿，游呀，游呀。猛地，它把嘴扎进水里，叼住一条青鱼，嚼也不嚼，就整条吞了下去。

“也许，潜鸟没有牙吧！”塞尔想了一下，转身继续往前走。

一只海豹从水里露出头来。

“我有一颗牙活动啦！”塞尔对海豹说。海豹是好奇的动物，这只也一样。它游过来，想看个清楚。

“看见了吗？”塞尔说着，更凑近一些，站到水边滑溜溜的海草上。

海豹越游越近，塞尔朝它弯下腰去……

“哎、哎、哎哟！”塞尔在海草上滑倒，摔了一个屁股蹲儿！海豹吓得一头钻进水里。潜鸟被逗得“呵呵呵”地笑个不停。塞尔没有摔疼，自己也笑了。她小心地站了起来。

她沿着岸边，朝爸爸挖蛤蜊的沙滩跑去。

一群海鸥在吃早饭，塞尔停下脚步。海鸥们从空中把蚌扔到岩石上，摔破蚌壳，有点儿像砸核桃，然后落到地上，吃里面的蚌肉。

“海鸥有没有牙呢？”塞尔想着，用舌头舔了舔那颗活动的牙，想起要许的愿，开心地笑了。她已经看到爸爸的身影了，于是就加快脚步，朝沙滩走去。

“爸爸，我有一颗牙活动啦！”塞尔大声地喊道，“等它掉了，我要压在枕头底下，许个愿。瞧，它在晃呢！”

塞尔用手指晃了晃那颗牙。爸爸停下手里的活儿，仔细地看着。

“你要换牙啦！看来，你长成大姑娘了。”爸爸说，“你打算用掉下来的牙，许个什么愿？”

“不能告诉你，要保密！”塞尔认真地说。

“噢，对，没错！”爸爸说。

“我帮你挖蛤蜊吧！”塞尔说。

“我快挖完了。”爸爸说，“不过，你想帮忙就来吧！脱掉鞋和袜子，卷起裤腿，要不会弄得又脏又湿。”

塞尔脱下鞋和袜子，放在一块干燥的岩石上。她又卷起裤腿，走进湿漉漉的沙滩。爸爸用耙子刨出一个坑。塞尔和爸爸在沙坑里，仔细地找呀，摸呀。

“快看，一个小蛤蜊！”塞尔兴奋地说。

“呵，找到啦！”爸爸说，“不过，太小了。看，我们只要这样的大蛤蜊。把小蛤蜊放回沙子里，过些天，它就会长大哟！”

“它还是一个蛤蜊宝宝，我也觉得它太小了。”塞尔说。

“我猜，它连乳牙都没长齐呢！”塞尔说着，把小蛤蜊轻轻地埋回泥沙里。

“蛤蜊可没有牙。”爸爸咕哝着，又挖出一个沙坑。

“大蛤蜊也不长牙吗？”塞尔问。

“嗯，大的也不长。”爸爸回答说。

“鹗宝宝和大鹗有牙吗？”

“没有。”

“潜鸟有牙吗？”塞尔问，“对了，还有海鸥。”

“都没有。”

“那，海豹呢？”

“海豹有牙啊！”爸爸回答说。

“海豹的牙会活动吗？像我这个一样……”塞尔说着，张开嘴，想让爸爸看看那颗活动的牙。

“哎呀！”塞尔惊叫起来。她用舌头舔，用沾满泥沙的手指摸。

“那颗牙没有了。”塞尔伤心地说着，又重新在嘴里找了一遍。没错，活动的牙真的不见了！沾满泥的手指又苦又咸。塞尔的表情也像吃了一口盐一样，快哭出来了。

“你把那颗牙吞下去了吧？”爸爸微微笑着，关心地问道。

“没有！”塞尔使劲儿摇头，带着哭腔说，“我一直在说话，不可能吞下去。肯定是从嘴里掉出去了。找不到它，我就不能放在枕头下许愿了。”

“真可惜啊！”爸爸同情地说，“不过，你是大姑娘了，不能为这么点儿小事哭鼻子。用不了多久，别的牙也会活动，那时再许愿也不晚啊！”

“那颗牙掉在哪儿了？也许能找到。”塞尔抱着希望，在混着蛤蜊的泥沙里翻呀，找呀。

爸爸也帮塞尔找。可是，沾满沙子的牙很像沾满沙子的小石子，沾满沙子的小石子又很像沾满沙子的牙。找了半天，也没有找到。

“别找了，拿上蛤蜊回家吧！”爸爸说，“要不然没有时间去镇上了。”爸爸到海边，把蛤蜊上的泥沙洗干净。塞尔也不情愿地停下手，站到海水里，洗掉沾在手脚上的泥沙。

“我猜，肯定有一个蛤蜊捡到了那颗牙。这下，它能得到我许愿的东西了。”塞尔说，“明天早上，我们再来这儿，要是看见一个蛤蜊在吃巧克力冰激凌，我得跟它要过来，还得要回我的牙。”

塞尔穿上袜子和鞋。爸爸在蛤蜊周围塞满海草，让它们保持新鲜。

“好啦！快点儿回家吧！”爸爸说，“我们得赶快坐船去巴克港，买点儿牛奶和吃的东西。”

“好吧。”塞尔答应着，匆忙地跟上去。

她忍不住又看了一眼丢牙的地方。然后，跟在爸爸后面，沿着海岸往回走。

塞尔看着自己的脚，慢慢地朝前走。她不想让爸爸看见自己快要哭出来的样子。

“快看，这是什么！”她惊叫着，弯腰去捡一根羽毛。

“那是海鸥的羽毛。”爸爸停下来，等着塞尔。

“是海鸥丢的？掉毛的地方，会长出一根新毛吗？”塞尔问。

“是啊！塞尔，你说得没错。”爸爸回答道。

“没准儿，海鸥会把掉下来的羽毛，压在枕头底下，许个愿呢！”塞尔说道。

“海鸥不用枕头，不过，我猜它们会许愿的。”爸爸说。

“那我就用这根羽毛来许愿。”塞尔决定了。

“也许，海鸥已经用这根羽毛许过愿了，再用就不灵了。”爸爸说。

“不，不会的。肯定还没用过！”塞尔干脆地说，“那只海鸥光忙着飞了，没顾得上回头看。而且，今天早上，梳羽毛的时候，它都没发现有一根羽毛活动了，根本想不到羽毛会掉，也不知道这根羽毛已经掉了！”塞尔相信就是这样的。于是，她紧紧地闭上眼睛，许了一个愿。

回到家时，妈妈带着妹妹正在等着他们，她拎着一箱要还给商店的空奶瓶，还拿着一张购物清单。

“中午，我给你们做蛤蜊浓汤。早点儿回来啊！”妈妈挥挥手。

“我会照顾好珍妮。”塞尔说，“我是大姑娘了，会看着妹妹，不让她掉到海里。”

塞尔和珍妮跟着爸爸走到岸边，上了船。

塞尔和珍妮穿上救生衣，爸爸在发动马达。他一遍又一遍地拉动绳子，可是，马达只是“吭、吭”“嘟、嘟”地响着，发动不起来。

爸爸只好划着船，横穿海湾，去有商店的巴克港。

港湾里停满了船。爸爸从船中间划过去，把船停靠在码头，系紧缆绳。这样，他们去商店的时候，船不会漂走。他们上了岸，爸爸带着空奶瓶，还拿上拆下来的马达，打算去找修理厂的肯顿先生，把它修好。

他们穿过小路，来到镇上。肯顿先生正在修理厂外边，给一辆汽车加油。

“我掉了一颗牙！”塞尔打着招呼，“我们的马达也不转了。”

“那可太糟啦！”肯顿先生说着，饶有兴趣地看了看塞尔缺了一颗牙的地方。然后，他们带着马达，走进修理厂。

在这里，他们要检查一下马达为什么转不起来了。

肯顿先生用钳子夹了一下，又用锤子敲了敲。然后，挑了一个大扳子，把火花塞取了出来。

“一下子就下来了！像不像你的那颗牙，塞尔？”他说着，把火花塞拿到亮处看了看。“哎哟哟，得换一个新塞子了。”他咕哝着，把火花塞扔到地上。

塞尔刚要问，长出一个新塞子要多长时间。只见肯顿先生伸手从货架上取下一个东西。

BW

这是一个崭新的火花塞。肯顿先生把它安在马达上。

塞尔捡起那个旧火花塞，递给珍妮。可她太小了，还不懂什么是许愿，连蛋筒冰激凌都说不清楚。于是，塞尔对着旧火花塞，替珍妮许了一个愿。

肯顿先生拉了一下绳子，马达立刻转起来，像新的一样。

“谢谢，再见啦！”爸爸说着，拿起马达和空奶瓶，珍妮拿着旧火花塞，塞尔举着羽毛，他们一起穿过马路，向肯顿先生哥哥开的百货店走去。

POTATO CHIPS

“快看，谁来啦！”店老板大肯顿先生招呼道。

“我掉了一颗牙！”塞尔大声地回答。

塞尔先让大肯顿先生看了缺牙的地方，又让福特先生、奥斯卡先生都看了一遍。他们正坐在店里，兴致勃勃地聊着捕龙虾、钓大鱼什么的。

“别老用舌头舔掉牙的地方。”福特先生对塞尔说，“这样才能长出像我一样闪闪发光的金牙。”

“哎呀，我不知道。我已经舔了半天了。”塞尔被说糊涂了。

“哈哈！”大肯顿先生笑着，“别当真，他爱开玩笑，在逗你玩呢！”他说着，打开冷冻柜，“你少了一颗牙，还能吃蛋筒冰激凌吗？”

“当然能啦！”塞尔说，“最好是巧克力味的。”

“这个小姑娘呢？”他转身问珍妮。

“她要香草冰激凌，就算滴在衣服上，也不会留下黑印儿。而且，要压得结实点儿，省得掉下来。”塞尔说，“她还是个小宝宝，连乳牙都没长齐呢！”

随后，大肯顿先生把一些食物和瓶装牛奶装进箱子里。“谢谢，再见啦！”他们向大肯顿先生挥着手。然后，穿过通往港口的小路，走过浮桥，朝拴船的码头走去。

塞尔、珍妮和爸爸一起，带着装满食物和牛奶的箱子、马达、羽毛、旧火花塞，还有蛋筒冰激凌，上了船。

爸爸把马达装好了，塞尔和珍妮也吃完了蛋筒冰激凌。

“我还要冰……冰冰凌。”珍妮说。

“小傻瓜，”塞尔大声说，“我们许的愿已经用完了。”突然，她想起今天自己是大姑娘了，于是学着大人的样子说：“珍妮，一下子吃两个冰激凌，你的胃可受不了。回到家还有好吃的呢！”

“蛤蜊浓汤在等着我们哪！”

图书在版编目（CIP）数据

海边的早晨 / （美）罗伯特 · 麦克洛斯基文图；崔维燕译. -- 长沙：湖南教育出版社，2024. 10. -- ISBN 978-7-5754-0382-5

Ⅰ. I712.85

中国国家版本馆CIP数据核字第2024VY7319号

蒲蒲兰绘本馆

海边的早晨
HAIBIAN DE ZAOCHEN

［美］罗伯特 · 麦克洛斯基 文/图　　崔维燕 译

责任编辑 陈慧娜　　**特约编辑** 王佳怡
责任校对 杨玖武　　**装帧设计** 王　妍

出版发行 湖南教育出版社
（长沙市韶山北路 443 号）
印　　刷 北京华联印刷有限公司
开　　本 889 mm × 1194 mm　1/16
印　　张 4
字　　数 50 千字
版　　次 2024 年 10 月第 1 版
印　　次 2024 年 10 月第 1 次印刷
书　　号 ISBN 978-7-5754-0382-5
定　　价 45.00 元

如有印装错误，请拨打以下电话联系：010-67708556